Os Aventureiros da Caverna

Os Aventureiros da Caverna

Heldene Leicam

lura

Direção
Roger Conovalov

Gerente Editorial
Aline Assone Conovalov

Gerente Comercial
Eduardo Carvalho

Coordenador Editorial
André Barbosa

Revisão
Gabriela Peres
Diana Berg

Capa, diagramação e projeto gráfico
Lura Editorial

Dados Internacionais de Catalogação na Publicação (CIP)
(Câmara Brasileira do Livro, SP, Brasil)

Leicam, Heldene
Os aventureiros da caverna / Heldene Leicam. – São Caetano do Sul-SP: Lura Editorial, 2025.

64 p.; 14x21cm

ISBN: 978-65-5478-230-2

1. Ficção. 2. Ficção fantástica. 3. Aventura I. Título.. I. Leicam, Heldene. II. Título.

CDD: B869.3

Índice para catálogo sistemático
I. Ficção. 2. Ficção fantástica. 3. Aventura

[2025]
Lura Editorial
Alameda Terracota, 215, sala 905, Cerâmica
09531-190 – São Caetano do Sul - SP – Brasil
www.luraeditorial.com.br

"Sem livros, dificilmente se aprende a gostar de ler."
(Ruth Rocha)

SUMÁRIO

1

AVENTURAS ALÉM DAS FRONTEIRAS

A vida cotidiana dos quatro amigos Alice, João, Luíza e Gabriel na soturna caverna imponente era caracterizada pela mesmice e por sombras intermináveis. O interior da caverna se expandia em um abismo profundo, onde a fraca luz mal conseguia iluminar o caminho incerto dos seus habitantes.

Mesmo sob a pouca luz que surgia de direções incertas ou mesmo a partir de fogueiras feitas para se aquecerem, as sombras dos moradores formavam silhuetas dançantes no fundo da caverna, criando um cenário enigmático, envolvendo os amigos em uma atmosfera de mistério. Os suspiros ecoantes do vento gelado e o constante som do rio que cruzava a caverna acompanhavam o desenrolar de suas vidas em meio a desafios.

> **DIANTE DA POUCA LUZ QUE VAZAVA DE ALGUM LUGAR ATÉ O INTERIOR DA CAVERNA**

Nas margens daquele rio, os habitantes coletavam frutinhas das plantas selvagens, pescavam peixes e caranguejos que seguiam o curso d'água pela grande caverna, mesmo indo em sentido contrário em algumas ocasiões. Eram os descendentes de um grupo de indivíduos que tinham sido aprisionados ali tempos atrás e permaneceram no local até que a natureza os levasse embora.

Certa vez, durante a refeição simples de peixe e frutas silvestres, Alice questionou todos reunidos ao redor do fogo:

— Vocês já se perguntaram se não existe algo além dessas sombras?

Nem percebiam que as sombras que se moviam ali projetadas eram as réstias deles mesmos, diante da pouca luz que vazava de algum lugar até o interior da caverna ou pelos movimentos do fogo das fogueiras.

Com um tom resignado, João respondeu:

— As sombras são tudo o que mora aqui além de nós...

— Mas e se houver mais coisas em algum lugar? — insistiu Alice, questionando aquela realidade limitada.

Luíza, sempre curiosa e ávida por aventura, apoiou a ideia da amiga.

— Talvez exista algo mais lá fora... Algo além das sombras.

Gabriel, por outro lado, mostrava-se cético.

— E como saberíamos? Na vida toda só vimos isto aqui. Talvez seja melhor nem saber.

A conversa entre os quatro amigos revelava um misto de curiosidade, medo e fascínio pelo desconhecido. Passavam os dias realizando atividades essenciais à sobrevivência da comunidade, como caça de pequenos animais, pesca e cultivo de alimentos nas pequenas clareiras dentro da caverna. A fabricação de vestimentas confeccionadas a partir das peles dos animais caçados também ocupava parte do tempo.

Certa noite, enquanto observavam as sombras dançantes projetadas na parede pela luz do fogo, uma ideia começou a tomar forma entre eles.

— E se tentássemos encontrar a fonte dessa luz? E se houver realmente alguma coisa boa lá fora? — propôs Luíza com entusiasmo.

O grupo sabia que enfrentaria resistência; muitos na comunidade viam as sombras como a única realidade existente e temiam o desconhecido. Contudo, a curiosidade e o desejo por descobertas estavam ficando mais fortes.

— Vamos fazer isso, então? — decidiu Gabriel finalmente, superando seu ceticismo inicial enquanto o grupo olhava as sombras, que na verdade eram deles mesmos, projetadas pela leve luz naquelas paredes — Vamos descobrir se existe outra realidade além dessas sombras.

Assim começaria uma jornada que mudaria não apenas suas vidas, mas também sua compreensão do mundo ao redor. Armados com coragem e determinação para enfrentar o desconhecido, Alice, João, Luíza e Gabriel estavam prestes a embarcar em uma grande aventura em busca da verdadeira existência das coisas.

A inquietação tomou conta de Alice naquela noite após a decisão do grupo de buscar a verdadeira realidade além das sombras.

— As sombras podem ser apenas reflexos distorcidos da realidade — sugeriu ela, olhando fixamente para o fogo que dançava à sua frente.

— Ah! Isso é filosofia demais para mim — respondeu João, tentando desviar o assunto.

Entretanto, Alice não estava disposta a deixar suas dúvidas de lado tão facilmente.

— Mas pense bem! — insistiu Alice — Sempre vivemos aqui aceitando essas sombras como as únicas coisas que existiam além de nós. Não seria nosso dever questionar e buscar entender o que realmente existe lá fora? Pode não existir nada, pode existir algo muito ruim, mas...

Luíza acenou com a cabeça, visivelmente animada com a linha de pensamento da amiga.

— Ela tem razão. Sempre aceitamos que só essas sombras existem além de nós sem nunca questionar profundamente. Só aprendemos a falar, pescar e colher frutos porque nossos antepassados faziam isso.

Gabriel, por outro lado, permanecia cético.

— Questionar é fácil mas temos que questionar com responsabilidade. E se essa busca por respostas colocar nossa comunidade em perigo?

O debate entre os amigos revelou uma divisão clara: a vontade insaciável de descobrir contra o medo do desconhecido. Enquanto conversavam, as chamas do fogo projetavam as sombras, que pareciam dançar no ritmo de suas vozes, como se tentassem comunicar algo.

— Talvez — disse Luíza em um momento de reflexão — estas sombras sejam apenas partes pequenas e distorcidas de algo muito maior e mais belo. Para que elas existem aí, sem serventia nenhuma?

A observação de Luíza trouxe um silêncio contemplativo ao grupo.

A discussão sobre as sombras fez com que todos refletissem sobre suas próprias vidas e limitações. A curiosidade sobre um mundo exterior crescia cada vez mais dentro deles, alimentada pelas perguntas sem respostas e pelo desejo ardente de descobrir o desconhecido.

Assim, fortalecidos por seus questionamentos e pela determinação em buscar respostas, decidiram que era hora de planejar sua jornada para além das sombras da caverna. Uma jornada em busca da verdadeira luz.

A madrugada ainda envolvia a caverna com seu manto escuro quando Alice e os amigos, munidos de coragem e uma curiosidade que lhes ardia no peito, decidiram partir.

COM PASSOS CAUTELOSOS, MAS FIRMES, ELES COMEÇARAM SUA ASCENSÃO PELA TRILHA

— É agora ou nunca! — disse Alice, determinada a encarar a duvidosa aventura.

— Você tem certeza de que quer fazer isso? — perguntou João, o ceticismo anterior dando lugar a uma preocupação — O desconhecido pode ser mais perigoso do que imaginamos, Alice.

Gabriel interveio, com um brilho de empolgação nos olhos:

— Bom! Quem sabe quais maravilhas ou horrores nos aguardam? Ninguém. Acertando ou errando, vamos descobrir logo, então!

João, embora ainda reticente, acenou de leve com a cabeça.

— Eu estou com vocês. Se vamos fazer isso, melhor fazermos juntos.

A decisão estava tomada. Com passos cautelosos, mas firmes, eles começaram sua ascensão pela trilha íngreme que levava para fora da caverna. À medida que avançavam, as sombras ao redor pareciam sussurrar entre si, como se lamentassem a partida dos jovens.

O primeiro raio de sol os atingiu como uma revelação divina; nunca haviam testemunhado tal espetáculo de cores e luz. Demorou para que conseguissem abrir os olhos.

— Nossa! É mais belo do que eu poderia imaginar! — murmurou Alice, com lágrimas de admiração emoldurando seu rosto.

— E pensar que vivemos toda nossa vida sem conhecer isso... — refletiu Luíza diante do grupo, não menos impactada pela visão.

João olhou ao redor, maravilhado e um pouco sobrecarregado pela imensidão do mundo exterior.

— Eu estou tonto! — foi dizendo João, quando houve um impacto surdo no chão.

— João! João! — chamavam Alice e Gabriel, sacudindo-o para acordá-lo até ouvirem um gemido.

— Ai! Ai! — sussurrou, João, ainda tonto — Eu tive um sonho.

— Não é sonho não, senhor! — situou Gabriel — Estamos num outro mundo. Veja!

— Que coisa. Esse menino tinha que desmaiar logo agora! — reclamou Alice, colocando, espevitada, as mãos na cintura.

— É mesmo, João — completou Gabriel — Não dá tempo de desmaiar mais não. Há tanto para ver e explorar...

— Por onde começamos? — perguntou João, se esforçando para abrir os olhos no clarão de fora da caverna. — Uau!!! — exclamou, boquiaberto — Como vamos explorar?

Gabriel colocou a mão no ombro do amigo.

— Juntos! — respondeu ele simplesmente. — Vamos explorar juntos.

Assim, diante da vastidão desconhecida que se estendia à frente deles, os amigos deram os primeiros passos em sua jornada além das sombras da caverna. Uma jornada em busca da verdadeira luz e das respostas para as perguntas que os conduziram até ali.

2

ALÉM DAS SOMBRAS DA CAVERNA

Ao se aventurarem para fora da caverna, Alice, João, Luíza e Gabriel foram recebidos pelos primeiros raios de sol que testemunhavam pela primeira vez. A luz do amanhecer banhou o rosto de cada um com uma suavidade que nunca imaginaram existir, provocando sensações inéditas e um misto de admiração e temor.

— O que será isso? — perguntou Alice, enquanto seus olhos lutavam para se adaptar à nova realidade iluminada.

— Esse deve ser o Sol das histórias das nossas tataravós! — respondeu Gabriel, com um tom de descoberta na voz — E é mais belo do que qualquer coisa que já vimos nas sombras da caverna.

O GRUPO DE AMIGOS EXPLORAVA OS ARREDORES COM UMA CURIOSIDADE INSACIÁVEL

João, sempre o mais cético do grupo, ainda tentava compreender a magnitude daquela experiência.

— Mas como pode algo ser tão... Tão vibrante? Tudo aqui fora parece estar vivo! — exclamou ele.

Luíza, por sua vez, estava fascinada pela variedade de cores e formas.

— Olhem ao redor! São as árvores, o céu azul, as flores têm mais cores e perfumes... É como se tivéssemos vivido em um mundo sem cor até agora.

À medida que o sol subia para o meio do céu, o grupo de amigos explorava os arredores com uma curiosidade insaciável. Cada descoberta era acompanhada por discussões animadas sobre como aquele novo mundo contrastava drasticamente com a vida na caverna.

— Nós estávamos presos em nossas próprias mentes — refletiu Alice — acreditávamos que as sombras eram tudo o que existia.

— E pensar que outros lá dentro ainda acreditam nisso — ponderou João.

Em uníssono, o grupo concordou sobre a importância de compartilhar a descoberta com os demais moradores da caverna. Sabiam que não seria uma tarefa fácil convencer os outros a abandonarem suas crenças antigas em favor dessa nova verdade luminosa e colorida.

Armados com a determinação de espalhar a luz do conhecimento entre seus pares, eles entenderam que aquela manhã marcava apenas o início de uma longa jornada educativa. Uma jornada movida pela esperança de libertar todos da escuridão para viverem sob os raios benevolentes do sol. Ao se aprofundarem na exploração do mundo exterior, Alice, João, Luíza e Gabriel encontraram-se imersos em uma vastidão verde que os cercava por todos os lados. A natureza apresentava-se diante deles com uma exuberância que desafiava suas antigas concepções de mundo.

— Vejam só essa variedade de verdes! — exclamou Luíza, seus olhos brilhando ao observar as diferentes tonalidades das folhas.

Alice, tocando delicadamente nas pétalas de uma flor silvestre, compartilhou seu encantamento:

— E o perfume das flores? É como se cada uma contasse uma história diferente. Vejam!

Essas devem ser as borboletas... As abelhas... Os pássaros!

Gabriel, sempre curioso sobre os aspectos mais práticos da vida fora da caverna, ponderou em voz alta:

— Como será que podemos usar tudo isso a nosso favor? Há tanto aqui para aprender e descobrir.

— Conhecer tudo isso, chegar a essa luz, já é usar a nosso favor, Gabriel — explicava Luíza, extasiada com tantas descobertas.

João, por sua vez, estava fascinado pela fauna.

— Olhem aquele pássaro ali no alto! Sua plumagem tem cores que eu nem sabia que existiam.

CADA SOM NOVO CAPTURAVA SUA ATENÇÃO E CADA AROMA TRAZIA CONSIGO UM MISTÉRIO

Ele apontou para um pássaro exótico pousado em um galho próximo.

À medida que avançavam pela floresta, cada som novo capturava sua atenção e cada aroma trazia consigo um mistério a ser desvendado. A natureza não era apenas um cenário; era uma presença viva que dialogava com eles por meio de seus sentidos, agora aguçados pela luz do sol.

— E pensar em quantos estão lá atrás, na caverna, sem saber deste mundo aqui fora... — ressaltou João — Precisamos encontrar uma maneira de mostrar isso a eles.

O grupo concordou com determinação renovada. Sabiam agora que não bastava apenas contar sobre a luz do sol; era necessário levar aos outros a experiência viva da natureza em sua plenitude. Assim, entre conversas e reflexões profundas sobre o significado daquela descoberta para suas próprias vidas e para os demais moradores da caverna, os amigos seguiram adiante.

Após a imersão na natureza, o grupo de exploradores se viu diante de um novo desafio: compreender e aceitar a verdadeira realidade que os cercava. Sentados em círculo sob a sombra generosa de uma árvore centenária, eles iniciaram um diálogo profundo sobre suas descobertas e sentimentos.

— A natureza nos ensina mais do que palavras poderiam expressar — começou Alice, com um olhar pensativo voltado para o horizonte. — Mas como podemos levar essa verdade aos outros? Como podemos fazer com que vejam além das sombras da caverna?

João, sempre reflexivo, compartilhou sua perspectiva:

— Talvez a questão não seja apenas mostrar a luz mas os ajudar a sentir o calor dela em suas próprias peles. Precisamos criar pontes entre esse conhecimento e essa experiência.

Gabriel, com seu pragmatismo habitual, sugeriu:

— E se começássemos pequeno? Podemos levar algumas plantas e flores para dentro da caverna. Pequenos pedaços da natureza que podem despertar curiosidade e admiração.

Luíza acrescentou, entusiasmada:

— E histórias! Podemos contar as histórias que cada elemento da natureza nos revelou.

A conversa fluiu naturalmente para planos concretos de como integrar sua comunidade à verdadeira realidade do mundo exterior. Eles falaram sobre organizar expedições pequenas para os mais jovens, criar oficinas sobre os usos práticos das plantas e até mesmo promover noites de contação de histórias sob as estrelas.

O entardecer trouxe consigo uma brisa suave que parecia sussurrar aprovação às ideias do grupo. Com corações cheios de esperança e mentes fervilhando com possibilidades, os amigos sabiam que tinham encontrado não apenas a verdadeira realidade da natureza, mas também um caminho para transformar sua própria realidade.

3

A DESCOBERTA DE UM MUNDO NOVO

Após terem experimentado a deslumbrante realidade fora da caverna, Alice, João, Luíza e Gabriel decidiram que era hora de voltar. Sabiam que a missão não seria fácil, mas estavam determinados a compartilhar sua nova compreensão do mundo com os demais moradores da caverna.

— Olá! — Apareceu de repente a figura de um menino — Meu nome é Leon. Quem são vocês?

— Olá! — logo respondeu Alice — Eu sou a Alice. Este é o João, esta é a Luíza e este é o Gabriel. Estamos descobrindo essa maravilha toda aqui. Você é de qual caverna?

— Caverna? — repetiu Leon, estranhando a pergunta — Eu sou da minha casa. Vejam lá, depois daquelas árvores. Lá é minha casa.

— Então você vive neste mundo cheio de luz? — perguntou Gabriel.

LEON CONTOU MUITAS HISTÓRIAS, APRESENTOU ANIMAIS, PLANTAS...

— Sim! — respondeu Leon, tocando as vestes dos novos conhecidos — E por que vocês se vestem com folhas?

— É que nós fazemos nossas roupas! — explicou Alice — Sua roupa também é colorida! E como é viver neste mundo cheio de luz?

Agora o grupo com cinco integrantes conversava agitadamente com muitas perguntas e muitas respostas sobre a vida na caverna e a vida no mundo da luz. Leon contou muitas histórias, apresentou animais, plantas... E até livros, deixando o grupo da caverna demasiadamente encantado.

— Como são interessantes os livros! — exclamou Luíza, que não parava de folheá-los — Como vocês usam?

— Lendo! — explicou Leon — Eles são nossas armas a favor do conhecimento e do bem.

— Como que lê o livro? — perguntou João — Pode nos ensinar?

— Posso! — respondeu o menino, tirando da mochila uma garrafinha com um mel cheio de letrinhas. Deu para que cada um tomasse um pouco — Pronto. Agora podem ler.

De repente, todos estavam lendo com desenvoltura, viajando também pelo fantástico mundo dos livros.

— E todos esses livros são presentes para vocês! — falou Leon, presenteando todos — É claro que, como são adolescentes, deveriam todos estar indo para a escola e ainda poderiam encontrar muitos livros de todos os tipos em lugares chamado "livrarias". E quando precisarem vencer na vida com conhecimentos, já sabem, abram os livros.

Em seguida, Leon se foi com destino à sua casa.

— Agora temos que voltar e contar tudo que conhecemos! — lembrou Gabriel.

— Não paro de pensar... Como vamos convencê-los se tudo o que conhecem são aquele rio, aquele modo de produzir alimentos e aquelas sombras? — questionou Alice, preocupada.

— Nossa palavra pode não ser suficiente — respondeu João, pensativo — mas agora temos algo mais poderoso: o conhecimento dos livros.

Ao retornarem, foram recebidos com olhares de desconfiança. A escuridão da caverna parecia ainda mais opressiva e deprimente após terem vivido as descobertas na luz.

— Vocês estão diferentes! — observou um dos moradores antigos — O que aconteceu lá fora?

Luíza tomou a frente para explicar:

— Nós descobrimos um mundo além destas sombras. Além deste rio, destas plantas pálidas... Alcançamos um lugar cheio de luz e cores verdadeiras. Estas sombras aqui são apenas reflexos distorcidos de alguma realidade.

A maioria zombou da ideia.

— Luz? Cores? Vocês estão delirando! — exclamou outro morador.

Gabriel, então, abriu um dos livros luminosos, projetando imagens vibrantes nas paredes da caverna. Por um momento, o ceticismo deu lugar ao assombro.

— Isso é magia? — perguntou uma criança, com os olhos brilhando de curiosidade.

— Não é magia — disse Alice suavemente. — É livro. É conhecimento registrado sobre o mundo lá fora.

Apesar do fascínio inicial, alguns moradores resistiram à mudança. Argumentaram sobre a segurança e familiaridade das sombras em comparação com o desconhecido do mundo exterior.

— Entendemos seus medos! — admitiu João — Também os tivemos! Mas viver apenas conhecendo essas sombras é como viver pela metade. Há tanto mais lá fora esperando por nós.

— O mundo da luz é lindo e libertador! — completou Alice — E todos precisam conhecer.

A discussão continuou por horas até que um pequeno grupo expressou desejo de ver esse novo mundo por si mesmo.

Alice sorriu para seus amigos.

— Isso já é um começo — comentou, esperançosa — a verdadeira liberdade começa com a coragem de buscar a ver.

Após o breve momento de fascínio, a resistência dos moradores da caverna se tornou mais evidente. A luz dos livros, embora reveladora, lançava sombras que muitos achavam ameaçadoras.

— Como podemos confiar no que não conhecemos? — questionou um dos anciãos, a voz ecoando pelas paredes úmidas.

— Mas a desconhecida verdade é sempre mais assustadora do que a familiar mentira, Seu Pedro — respondeu Gabriel, tentando manter a calma diante do crescente murmúrio de desaprovação.

A discussão se intensificou quando um grupo de jovens, influenciados pela curiosidade e pelo desejo de aventura, expressou vontade de seguir Alice e seus amigos para fora da caverna.

— E se for uma armadilha? E se nunca pudermos voltar? — questionaram os pais, temerosos.

Luíza interveio com paciência:

— Nossa jornada até aqui foi guiada pela coragem e pela sede de conhecimento. Não prometemos certezas, apenas a possibilidade de descobrir juntos o que existe além das sombras. Nós fomos e voltamos. E estamos aqui.

O medo do desconhecido criava uma barreira quase tangível entre os moradores. Alguns acusavam os recém-chegados de heresia contra as tradições da caverna; outros sussurravam sobre a possibilidade de serem expulsos ou algo pior.

O MEDO NOS MANTÉM CATIVOS AQUI, MAS A CORAGEM PODE NOS LIBERTAR

— Talvez devêssemos mostrar-lhes novamente — sugeriu João, abrindo outros livros iluminados de conhecimentos. As imagens projetadas pelos livros capturaram a atenção de todos, como uma demonstração silenciosa do mundo lá fora.

— Isso... Isso é real? — perguntou uma mulher idosa, sua voz trêmula rompendo o silêncio reverente que havia se formado.

Alice se aproximou dela com gentileza.

— É tão real quanto nós permitimos que seja. O medo nos mantém cativos aqui mas a coragem pode nos libertar, Dona Célia.

A noite avançava enquanto debates fervorosos tomavam conta da caverna. A divisão era clara: aqueles dispostos a se arriscar pela possibilidade de um novo começo e aqueles determinados a permanecer nas sombras confortáveis da ignorância.

No entanto, apesar das dificuldades e do ceticismo enfrentado, o pequeno grupo viu nascer uma faísca de esperança em alguns olhares; um sinal de que talvez alguns estivessem prontos para abraçar as maravilhas e os desafios para conhecer o mundo da luz.

— Lá nós conhecemos até o Sol — contou João, encantado.

Naquela noite, a tensão entre a luz da verdade e as sombras da ignorância atingiu seu ápice dentro da caverna. Gabriel, com um olhar determinado, enfrentou o mar de rostos confusos e temerosos que se estendia à sua frente.

— A luz pode ser cegante inicialmente — começou ele — mas só ela pode nos guiar para fora dessa escuridão que nos aprisiona. Isso mesmo. Esse mundo no qual só vemos sombras da realidade é uma prisão.

— Essa aventura de luz apenas vai nos levar a um abismo maior — retrucou um dos moradores mais velhos, sua voz embargada pela dúvida.

No final daquela noite longa e cheia de debates fervorosos, uma decisão coletiva emergiu lentamente das profundezas da incerteza: explorar juntos o desconhecido sob a orientação daqueles que já haviam ousado sair.

A luta entre luz e sombra naquela pequena comunidade não havia terminado completamente mas agora existia espaço para diálogo — um sinal promissor de mudança e crescimento.

4

UMA JORNADA EM BUSCA DA VERDADEIRA LUZ

Alice, João, Luíza e Gabriel, após descobrirem a verdadeira realidade fora da caverna, estavam decididos de que era hora de compartilhar seu conhecimento com os demais. Os quatro amigos sabiam que não seria uma tarefa fácil mas estavam munidos de algo mais poderoso do que qualquer arma: o conhecimento.

— Usaremos os livros como nossas armas. A luz que eles emitem ao serem abertos iluminará não só a caverna mas também as mentes daqueles presos aqui.

Luíza acrescentou:

— Eles precisam ver por si mesmos. Mostraremos a eles o caminho para ir além.

A ação que denominaram "educação" começou com pequenos grupos sendo guiados até a saída da caverna durante o dia. O percurso era íngreme e bastante difícil. As primeiras reações eram de medo e descrença, mas à medida que seus olhos alcançavam e se ajustavam à luz, vendo o mundo em sua plenitude colorida e vibrante, suas expressões mudavam para admiração e maravilha.

— Isso é real? — perguntava uma das moradoras, tocando as folhas de uma árvore e percebendo o verdadeiro verde pela primeira vez.

— Tão real quanto nós! — respondia Alice, gentilmente, oferecendo-lhe um livro aberto. A luz emanada pelas páginas parecia encantar todos aqueles que a viam, despertando uma sede por saber mais.

Contudo, nem todos estavam dispostos a aceitar essa nova realidade tão facilmente. Alguns dos líderes da comunidade tentaram desacreditar os jovens aventureiros, chamando-os de iludidos ou até mesmo de traidores por desafiarem as normas da sociedade da caverna.

— Não podemos forçá-los a ver o mundo como nós vemos — disse Gabriel em um momento de reflexão coletiva. — Entretanto, podemos dar a eles as ferramentas para descobrir por si mesmos, caso mudem de ideia.

HÁ MUITO MAIS PESSOAS LÁ FORA QUE PRECISAM VER A LUZ.

Assim, continuaram sua missão educativa, enfrentando resistência mas também celebrando cada nova mente libertada das correntes da ignorância.

A jornada desses jovens mostrou não apenas a importância do conhecimento como ferramenta de liberdade mas também ressaltou o valor da perseverança diante dos obstáculos impostos pelo medo do desconhecido.

Após os primeiros passos bem-sucedidos dos amigos na missão educativa, o grupo decidiu expandir seu alcance.

— Precisamos ir mais além! — sugeriu Alice, olhando para o horizonte que se estendia muito além da entrada da caverna — Há muito mais pessoas lá fora que precisam ver a luz.

— Mas como faremos isso? — questionou Luíza, sempre pragmática em sua abordagem.

— Vamos fazer mais livros! — respondeu Gabriel — Vamos escrever nossas experiências e compartilhar nossas histórias. Se não podem vir até a luz, espalharemos o conhecimento sobre a luz até eles.

A ideia foi recebida com entusiasmo e logo se transformou em ação. Os quatro amigos começaram a documentar tudo o que haviam aprendido fora da caverna, desde as cores vibrantes do mundo natural até os conceitos mais complexos de liberdade e conhecimento, ampliando o número de livros entre os moradores.

— Estamos fazendo progresso — comentou Gabriel, observando o grupo reunido em torno dos livros — O conhecimento está se espalhando.

João, percebendo uma oportunidade, propôs:

— Que tal se fizéssemos uma pequena expedição para fora da caverna? Apenas com os que duvidam, para que vejam com seus próprios olhos, e então decidam?

Um murmúrio de surpresa percorreu a comunidade. Era uma proposta ousada.

O líder mais resistente ponderou por um momento antes de responder.

— Está bem — disse ele, por fim — Eu irei. Mas apenas porque quero provar que estou certo.

E o acordo foi selado sob olhares expectantes.

No dia seguinte, bem cedo, um pequeno grupo liderado pelos quatro amigos aventurou-se para fora da caverna. O impacto da luz do sol nos olhos acostumados à escuridão foi imediato, mas à medida que suas visões se ajustavam, também se expandiam.

— Isso... Isso é incrível! — murmurou o líder anteriormente cético, agora extasiado com o mundo real em todas as suas cores, enquanto observava o horizonte pela primeira vez. As cores vibrantes do amanhecer tocavam algo dentro dele que não sabia existir — Isso é o Sol!

Ao retornarem à caverna depois de algumas horas explorando o mundo exterior, havia algo de estranho. O líder tinha desaparecido.

— Mas ele vinha ao nosso lado! — comentou Gabriel, assustado.

Todos chamavam pelo nome do desaparecido.

Alguns ainda voltaram para ver se, curioso, ele teria retornado para explorar mais detalhes do mundo iluminado. Não o encontraram. A tensão tomou conta de todos.

Com o desaparecimento do líder, a desconfiança só aumentou. Alguns acusavam o grupo de amigos de ter aprontado uma armadilha para passar a liderar a comunidade da caverna. Foi mais uma noite complicada. Os quatro amigos ficaram muito tristes. Agora também tinham que descobrir como encontrar o líder e provar que não era o que pensavam.

5

A BATALHA PELA LIBERDADE

Na densa escuridão da caverna, Alice, João, Luíza e Gabriel se preparavam para o confronto mais desafiador de suas vidas. Armados com livros luminosos, eles sabiam que a batalha pela liberdade contra os vilões poderosos não seria fácil.

A desconfiança não havia se espalhado entre todos e vários moradores estavam engajados na luta pelo conhecimento. Entre eles, alguns que também haviam conhecido o mundo iluminado lá fora. Assim, a ação educativa estava fortalecida.

ESSES SÃO OS VILÕES QUE NÃO QUEREM QUE ALCANCEMOS O MUNDO

— Estes livros são a nossa força! — disse Alice enquanto abria um volume que imediatamente iluminou seu rosto determinado.

— Lembrem-se — começou João — esses vilões que vamos encontrar usam a ignorância como arma. Nossa luz deve mostrar a verdade.

E seguiram, agora em número bem maior, na direção de desbravarem e ocuparem espaços no novo mundo.

No percurso mais difícil, quando os desbravadores se encontravam mais vulneráveis, apareceram uns seres mascarados para impedir que seguissem adiante.

— Será que vocês nos colocaram também numa cilada? — gritou um homem assustado.

— De jeito nenhum! — respondeu Gabriel — Esses são os vilões que não querem que alcancemos o mundo lá fora para que seja só deles.

Ao se aproximarem do primeiro grupo de adversários, Luíza sussurrou:

— Agora!

E o grupo de amigos, que tomava a frente, abriu os livros que tinham em mãos.

A luz dos livros brilhou intensamente contra os vilões que tentavam bloquear seu caminho com discursos distorcidos, mostrando imagens por meio de tecnologia e redes sociais, que também são elementos muito positivos para o conhecimento, mas também são usados muito frequentemente para distorcer a realidade.

— Vocês não podem nos deter! — gritou um dos opositores mas Gabriel respondeu com firmeza:

— Não temos interesse em lutar contra vocês mas pela verdade que todos merecem conhecer e pela liberdade!

À medida que avançavam, encontraram resistência ainda maior. Um vilão particularmente astuto usava argumentos religiosos e políticos para confundir e dividir as pessoas.

— Vocês estão errados! Só existe uma verdade! — discursava um deles — Vocês precisam acreditar na natureza e aceitar o que a natureza escolheu para vocês.

No entanto, ao enfrentá-lo diretamente com fatos e lógica iluminados pelos seus livros especiais, o grupo conseguiu enfraquecê-lo:

— Abram todos seus livros! — gritou João, e todos abriram.

Juntos, os livros refletiam luzes de todas as cores e projetavam os mais diversos conhecimentos: os direitos, o que existia lá fora, as pessoas boas ainda desconhecidas por eles, outros aprisionados e até a verdadeira face de Deus. A força foi tão grande que os vilões não tiveram mais disposição e recuaram.

Apesar das dificuldades e da forte oposição, a determinação do grupo nunca vacilou. Eles sabiam que cada adversário vencido era um passo mais perto da liberdade para todos que tinham vivido na caverna até então. A cada vitória, mais moradores começaram a questionar a existência só das sombras na parede e a sonhar com esse novo mundo além.

Na sequência de sua jornada, os jovens heróis descobriram que os livros luminosos tinham um poder ainda maior do que imaginavam.

— Estes não são meros livros — declarou Gabriel, folheando as páginas que brilhavam com uma luz cintilante — Eles contêm a essência do conhecimento verdadeiro, capaz de dissipar qualquer escuridão.

— Mas como exatamente eles funcionam? — questionou Luíza, intrigada pela natureza mágica dos volumes.

Alice, com um sorriso sábio, respondeu:

— Eles se alimentam da nossa vontade de aprender e crescer. Quanto mais buscamos entender o mundo ao nosso redor, mais brilhantes eles se tornam.

Ao longo de suas aventuras na caverna, cada confronto com os vilões revelava uma nova faceta dos livros. Em um momento crítico, quando foram cercados por adversários que pareciam inabaláveis em suas convicções distorcidas, João abriu um dos livros em uma página aleatória. As palavras iluminadas formaram frases que falavam diretamente aos corações daqueles que haviam sido enganados pelos vilões.

— Veja! — exclamou João, enquanto os rostos ao redor começavam a mostrar sinais de dúvida e reflexão — A verdadeira força destes livros reside na capacidade de abrir mentes e corações para novas possibilidades.

Alguns dos vilões erguiam-se imponentes, envoltos em uma armadura de metal escuro que refletia em tons sombrios. Os elmos eram adornados com detalhes sinistros, ocultando completamente o rosto e emanando uma aura de mistério e perigo. Por trás da máscara elaborada, os olhos brilhavam com uma intensidade gélida, transmitindo uma sensação de crueldade e determinação. Esses os ameaçavam até mais diretamente.

Outros apresentavam uma aparência charmosa e carismática, escondendo uma mente ardilosa e manipuladora. Cada palavra que pronunciavam era cuidadosamente calculada para enganar e ludibriar, enquanto suas ações eram motivadas por um desejo insaciável de poder e controle, utilizando nomes de divindades, até algumas que moviam a fé daquelas pessoas, escondidos por trás da fachada de bondade, convencendo ainda aqueles moradores da caverna a lhes entregarem o pouco que conseguiam ter e os deixando ainda mais vulneráveis, prometendo que assim eles de fato conseguiriam a felicidade.

Os vilões, percebendo que mesmo assim estavam perdendo seu poder sobre as pessoas, tentaram atacar diretamente os portadores dos livros luminosos. Dessa vez, procuraram juntar ainda mais poderes ao unir forças.

Uns ergueram projetores de alta tecnologia, revelando informações enganosas por meio de diferentes redes sociais, cada uma mais bem elaborada e encantadora; e outros gritavam discursos de convencimento, prometendo felicidade infinita, para isso bastando apenas obedecer a seus discursos e reforçando em altos sons:

— Não leiam esses livros! Não leiam esses livros! Façam melhor: só doem para nós o que vocês têm e lhes garantiremos o conhecimento e a felicidade!

SUAS POSTURAS ERAM FIRMES E CONFIANTES, EMANANDO UMA PRESENÇA DOMINADORA

Os vilões ergueram suas armas, revelando runas antigas que pareciam pulsar com energia maligna, ameaçando a busca pelo mundo da luz. Suas posturas eram firmes e confiantes, emanando uma presença dominadora que fazia tremer até mesmo os corações mais corajosos.

— Leiam os livros! Leiam os livros! — gritava bravamente o grupo de heróis adolescentes.

Alguns mais convictos e outros meio em dúvida foram lendo, seguindo as ordens do grupo de garotos resistentes. No entanto, à medida que os vilões avançavam contra os jovens heróis, a luz emanada pelos livros tornava-se tão intensa que era insuportável para eles se aproximarem.

— Nossa união e nossa busca incansável pelo conhecimento nos tornarão invencíveis! — afirmou Alice com convicção.

Assim foi; cada desafio enfrentado fortaleceu não apenas sua amizade mas também seu entendimento do mundo. Ao final dessa etapa da aventura, ficou claro para todos na caverna que o verdadeiro poder residia no conhecimento e na luz interior despertada pela leitura e compreensão dos livros luminosos.

Como uma cartada final, João deu um passo à frente, apoiando-se bem nas pedras firmes e abrindo seu livro, lendo-o desafiadoramente, pois quanto mais entendia os conhecimentos escritos no seu livro, maior era a força que adquiria. Ele leu em voz alta um trecho final.

— A verdadeira força não reside na dominação ou no medo — lia ele, com as palavras iluminadas saltando das páginas e envolvendo o ambiente — ela reside na compreensão, na compaixão e na capacidade de todos verem além das nossas diferenças.

E abriu o livro, concentrando toda sua força na direção dos vilões.

O líder dos vilões ainda tentou resistir, mas a luz procedente dos livros passou a penetrar sua armadura de sombras. Surpreendentemente, uma expressão de dúvida começou a surgir em seu rosto. Os jovens continuaram falando sobre esperança, amor e liberdade — palavras que há muito não eram ouvidas naquela caverna escura.

Aos poucos, outros vilões começaram a se aproximar, atraídos pela luz e pelas palavras dos heróis. Eles escutavam atentamente cada frase dita pelos jovens e suas expressões endurecidas suavizavam-se à medida que a verdade das palavras os tocava.

— Nossa luta nunca foi contra vocês — declarou Alice, gentilmente. — sempre foi contra as mentiras que nos foram contadas.

Um por um, os adversários abaixaram suas armas, não resistindo aos livros luminosos expostos pelos jovens; e, um a um, foram caindo sobre as pedras. Alguns deles até se convenceram a apoiar a luta dos aventureiros e moradores.

— Agora vamos todos! — gritava Gabriel, o mais alto que podia.

— Não parem de ler! — reforçava Luíza, fortemente — Vai fortalecer nossos conhecimentos.

— Vamos seguindo a luz! — orientava Alice — Ao alcançar a luz, tenham certeza de que ninguém vai querer retornar a essas sombras. Vamos! Vamos!

Com muito esforço, crianças, jovens e idosos foram chegando do lado de fora da imponente caverna e enxergando aos poucos o mundo cheio de luz. Nos primeiros instantes os olhos até doíam, e eles sentiam dificuldade de abri-los, mas com o passar do tempo, suas pupilas se adaptavam e passavam a enxergar a verdade sobre as cores reais do mundo. Até o líder da comunidade, que havia sumido, apareceu, pois tinha sido aprisionado pelos vilões.

— Nosso líder, que alegria o rever! — disseram.

— Obrigado por não desistirem! — e se explicou — Fui levado por homens poderosos para bem longe, porém consegui voltar.

— Pena que muitos não seguiram lendo e não resistiram — lamentou-se Gabriel.

— Mas muitos resistiram e estão aqui! — acrescentou João, explodindo de felicidade.

As surpresas com as descobertas não paravam de acontecer.

— Olha o coelho que vi no primeiro livro! — disse um.

— Quero sentir o cheiro e o sabor do caju! — comentou outro.

— Quero ver quanta terra este mundo tem para plantarmos nossas sementes! — anunciavam mais outros.

Assim foi acontecendo o renascimento da comunidade que não ocorreu da noite para o dia. Lentamente, a verdadeira liberdade começou a brotar no coração dos ex-moradores da caverna.

As equipes partiram em direções diferentes, adentrando florestas densas, escalando montanhas íngremes e atravessando rios caudalosos. Encontraram comunidades isoladas com costumes distintos e trocaram conhecimentos sobre agricultura, artesanato e sustentabilidade.

João descobriu um vale fértil repleto de plantas desconhecidas. Luíza encontrou minerais raros nas montanhas que poderiam fortalecer as ferramentas da comunidade. Gabriel aprendeu técnicas avançadas de construção com uma tribo amigável.

Ao retornarem à aldeia semanas depois, foram recebidos como heróis. As histórias das aventuras além das fronteiras inspiraram ainda mais a comunidade a olhar para o futuro com esperança e determinação, e a contar suas descobertas em novos livros para o mundo.

— FIM —